La Nochebuena
South of the
Border

In Spanish and English

La Nochebuena South of the Border

Written and Illustrated
by JAMES RICE

Translation by
ANA SMITH

PELICAN PUBLISHING COMPANY
Gretna 1994

First printing, September 1993
Second printing, September 1994

Library of Congress Cataloging-in-Publication Data

Rice, James, 1934-
  La Nochebuena south of the border / written and illustrated by James Rice.
      p.   cm.
  Summary: In this bilingual version of "The Night before Christmas," Santa has become Papá Noel and his reindeer have been replaced with eight burros pulling a cart.
  ISBN 0-88289-966-X
  1. Santa Claus--Juvenile poetry. 2. Christmas--Juvenile poetry.
3. Children's poetry, American. [1. Christmas--Poetry.
2. American poetry. 3. Narrative poetry. 4. Spanish language materials--Bilingual.] I. Title.
PZ74.3.R53 1993
811'.54--dc20   93-13002
                                                                CIP
                                                                 AC

Printed in Hong Kong

Published by Pelican Publishing Company, Inc.
1101 Monroe Street, Gretna, Louisiana 70053

'Twas *la Nochebuena**
Down south of the border.
La casa was quiet;
The rooms were in order.

Era la noche de "Nochebuena"
Al sur de la frontera.
La casa de adobe estaba serena
Y muy ordenada la recámara era.

*Christmas Eve

The piñata's bright colors
Caught light from the fire.
It was hung from a rafter
For all to admire.

La piñata de muchos colores
Brillaba con la luz de la fogata,
Del techo con muchos honores
Colgaba de una riata.

All of the *niños*
Had gone to their beds—
And on pillows of *paja**
Laid down their heads.

*Straw

Todos los niños muy dormilones
Se habían ido a recostar
Muy calientitos en sus colchones
Sus ojos cerrados para soñar.

I had just settled down
For a winter siesta
While Mama prepared
For *mañana's fiesta*.

Yo, al fin me acostaba
Para tomar una siesta
Mientras Mamá cocinaba
Porque mañana habría una fiesta.

Then out on the desert
There came such a fracas—
Sounded like ol' Carlos
Sat down on the cactus.

De pronto, del desierto se oyó,
Un escándalo tan hórrido
Que creí que el pobre de Carlos
En un cactus, se habia caído.

I leaped from my chair
And dashed 'cross the floor,
Jumped over the *perro**
As I ran to the door.

*Dog

Con tanta prisa de mi silla brinqué
Para ir al otro lado del cuarto,
Que no me fijé y al perro pisé
Con tal de llegar a la puerta.

There puffin' and wheezin'
And heein' and hawin'
Were eight li'l ol' burros
Just pullin' and pawin'.

¿Y que fue lo que vi?
Dando zarpazos y rebuznando
Ocho burritos en mi jardín
Pataleando y escarbando.

Sitting high on a cart
Filled with *sacos* of toys,
A fat little drover
Did add to the noise.

Sentado muy alto en su carreta
Que con regalos estaba llena,
Había un hombrecito muy gordo
Que su voz añadía a la ruidosa escena.

He cracked his long whip;
They stayed just the same.
He stood up and hollered,
Called each one by name.

Su gran látigo tronó y
Sin moverse se quedaron ahí
Se paró y en voz alta gritó
Uno por uno sus nombres así.

Eh Pedro! Eh Pancho!
Eh Felipe and Miguel!
On Rosita and Juanita!
Linda and Isabel!

¡Orale, Pedro! ¡Ay, Miguel!
¡Oye, Pancho y Felipe!
¡Anda, Rosita e Isabel!
¡Orale, Juanita y Lupe!

Pedro looked up and brayed,
Pawed the ground with his hoof,

Pedro volteó y rebuznó como contestando
E impaciente, zarpazos dio.

And in one bound he landed
In a heap on the roof.

De repente, contra el techo se estrellaron
Y en una pila todos quedaron.

With no chimney in sight
Papá Noel had to think!
But he came through the door
Before you could blink.

San Nicolás, la chimenea buscaba
Cuando llegó a la puerta de atrás
Jalando a Pedro el burro, que iba
Cargado de juguetes y muchas cosas más.

He wore a serape—
Striped and red—
And a sombrero with braid
Was perched on his head.

Traía puesto un sarape rojo a rayas
Y en la cabeza un lindo sombrero.

With hand-tooled silver
His boots were inlaid.
He really did look like
A *vaquero* by trade!

Sus botas tenían adornos de pura plata
Mas bien parecía ser un vaquero.

He filled the piñata
With *dulces* and fruit,
And right under the tree
He put all sorts of loot.

Llenó la piñata con fruta y dulces
Debajo del árbol regalos puso.

A *rebozo** for Mama
Was left under the tree,
And just next to that,
Guitar strings for me.

*Shawl

En la mesa dejó cuerdas para mi guitarra
Y para Mamá un bonito rebozo.

He ate some tortillas,
With beans on the side,
And drank *café con leche**,
To prepare for his ride.

*Coffee with milk

Con nosotros comió, tortillas y chile,
Frijoles, guacamole, y una tostada;
Mientras tomaba harto café de la olla,
Pues pronto seguiría su larga jornada.

He gathered the burros
For the *fantástico* flight.
They stalled but a moment
Then flew into the night.

Sus burros reunió y se alistó
Para seguir su fantástico vuelo.
Sin esperar de repente subieron
Para perderse en el oscuro cielo.

Faintly o'er the wind
A voice did crescendo—
*"Feliz Navidad
Para todo el mundo!"*

Y entre el viento se oyó una tenue voz
Que del veloz carretón venía
Que a todos deseaba Paz, Felicidad
Y Feliz Navidad al mundo en este día.